D1297278

Primera edición: septiembre 1998
Cuarta edición: octubre 2003

Colección dirigida por Marinella Terzi
Traducción del alemán: Marinella Terzi

Título original: *Der schwarze Mann*
© Del texto: Beltz Verlag, Weinheim und Basel
   Programm Beltz & Gelberg, Weinheim, 1991
© De las ilustraciones: Pablo Amargo, 1998
© Ediciones SM, 1998
   Joaquín Turina, 39 - 28044 Madrid

ISBN: 84-348-6181-X
Depósito legal: M-36152-2003
Preimpresión: Grafilia, SL
Impreso en España / *Printed in Spain*
Orymu, SA - Ruiz de Alda, 1 - Pinto (Madrid)

¡Que viene
el hombre de negro!

Christine Nöstlinger

Ilustraciones de Pablo Amargo

ediciones **sm** Joaquín Turina, 39 28044 Madrid

Había una vez un niño pequeño
que se llamaba Willi.
Willi era bastante travieso.

A menudo hacía cosas
que a su madre no le gustaban.

   Y cada vez que su madre
se enfadaba con él,
le amenazaba:

   —Como te portes mal,
vendrá el hombre de negro
y se te llevará.

Willi pensaba muchas veces
en el hombre de negro
y en el aspecto que tendría.
Se lo imaginaba alto y fuerte,
con unas manos gigantescas
y unos ojos verdes
que resaltaban
en medio de una cara colorada,
el pelo de cepillo,
y una lengua de demonio
y unos dientes de vampiro.

Un día,
Willi estaba sentado en su cuarto,
desmontando el despertador.
Quería saber
por qué suena un despertador.

Justo en el momento
en que acababa de quitar
el último botón
de la parte trasera del reloj,
se abrió la puerta.
Y entró el hombre de negro.

Pero tenía un aspecto
muy distinto
del que se había
imaginado Willi.
Era viejísimo
y estaba muy estropeado.
Y no era más alto
que un paraguas.

Tenía el pelo blanco
con rizos
y arrugas en la cara.
Y ningún diente
en la boca.
Y los ojos empañados,
azul acuoso.

El hombre de negro miró a Willi
y al despertador,
y sacudió la cabeza y dijo:
—¡Sin destornillador no harás nada!

Sacó un destornillador
del bolsillo del pantalón
y se lo dio a Willi.
Pero el niño no se manejaba
con la herramienta.
Se le resbalaba una y otra vez
de la ranura del tornillo.

17

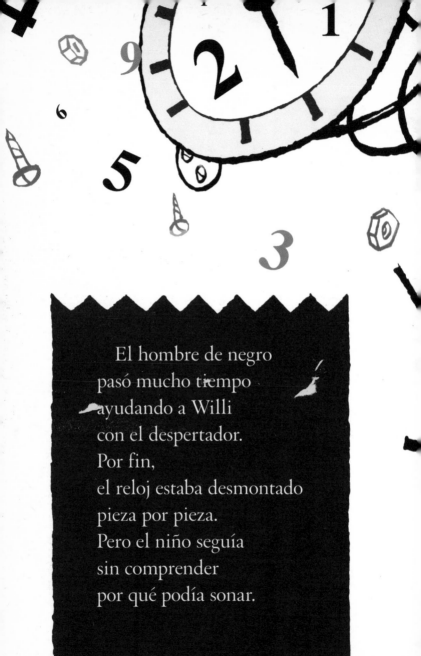

El hombre de negro
pasó mucho tiempo
ayudando a Willi
con el despertador.
Por fin,
el reloj estaba desmontado
pieza por pieza.
Pero el niño seguía
sin comprender
por qué podía sonar.

Justo cuando el hombre de negro
iba a aclarárselo,
la madre abrió la puerta
de la habitación.
El hombre de negro se escondió
debajo de la cama
y Willi se quedó solo,
sentado en el suelo,
con el despertador desmontado.

La madre le riñó
muchísimo.
—Willi —gritó—,
¡a los niños como tú
se los lleva el hombre de negro!
¡Te lo tengo dicho!

22

—recogió los
engranajes y los tornillos
del suelo mientras
murmuraba—:
¡A este niño no lo tendremos
en casa mucho tiempo más!
Va a llevárselo el hombre
de negro...

El hombre de negro
se quedó con Willi.

De día jugaba con él
y de noche dormía con él.
    Y cuando la madre entraba en el
cuarto,
se metía deprisa debajo de la cama.

El hombre de negro
tenía ideas estupendas.
Si Willi no quería tomarse su infusión,
el hombre de negro
regaba el ficus con ella.

Por las noches,
cuando a Willi le despertaba
algún ruido
y no se podía dormir más,
el hombre de negro le contaba
historias.
O pintaba la pared
de detrás de la cama
con muchos hombrecillos
de negro.

O iba a buscar a la cocina
harina y vinagre
y mejorana y sal
y cacao,
y hacía una papilla espesa
en el orinal de Willi.

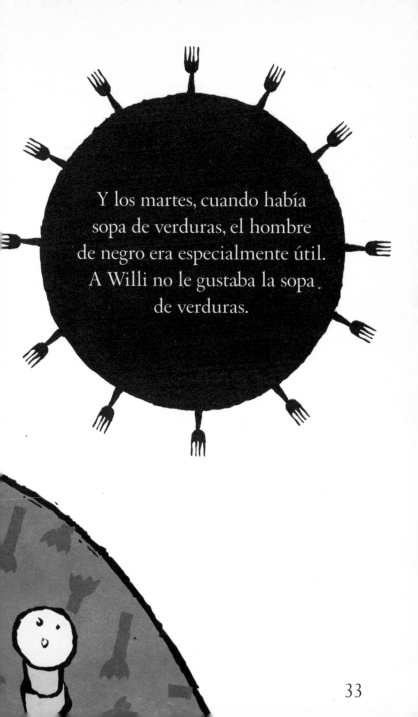

Y los martes, cuando había
sopa de verduras, el hombre
de negro era especialmente útil.
A Willi no le gustaba la sopa
de verduras.

33

Cuando Willi llevaba ya una hora
en la cocina
delante de la sopa
sin ni siquiera haber tomado
una cucharada,
su madre le llevaba
el plato al cuarto, y decía:
   —¡Willi, aquí te quedas
hasta que el plato esté vacío!

Al hombre de negro
le encantaba la sopa de
verduras.
Así que en cuanto la madre
salía de la habitación,
se la comía en un santiamén.

Una mañana,
Willi y el hombre de negro
estaban en el cuarto,
pensando si debían coger o no
la colección de sellos del padre
para jugar con ella.
Estaban tan concentrados
que no oyeron llegar a la madre.

39

Cuando se abrió la puerta,
el hombre de negro
se escondió debajo de la cama.
¡Pero esta vez
no fue lo suficientemente rápido!
La madre vio que su trasero
desaparecía debajo del mueble,
y preguntó:

—Willi,
¿qué tienes debajo de la cama?
El niño respondió:
—¡El hombre de negro!

—¡Qué tontería!
—dijo su madre.
Se agachó,
miró debajo de la cama
y vio la cara arrugada
del hombre de negro.
    Pegó un chillido,
dio un salto,
corrió a la cocina
y volvió con una escoba.
La pasó por debajo
de la cama
y gritó:
    —¿Qué demonios es
esta cosa tan asquerosa?

Se oyeron gruñidos y silbidos
y bufidos y crujidos.
Después,
la cama comenzó a bambolearse.
Igual que si hubiera un terremoto.
Luego, la cama se levantó
y allí estaba el hombre de negro.

Pero ya no era alto
como un paraguas,
sino como un perchero,
y ancho de espaldas,
y siguió creciendo,
y pronto se hizo tan grande
como un armario.
Y tenía la cara colorada.
Y sus ojos eran verdes y brillantes.
Tenía los pelos tiesos y ásperos,
y la boca llena de dientes puntiagudos.

49

La madre huyó a la cocina,
el hombre de negro corrió tras ella.
La madre se metió debajo de la mesa.

El hombre de negro rugió:
—¡Mujer desvergonzada!
¡No hay nadie que se atreva

a darle en el trasero
al hombre de negro!
¿En qué estabas pensando?

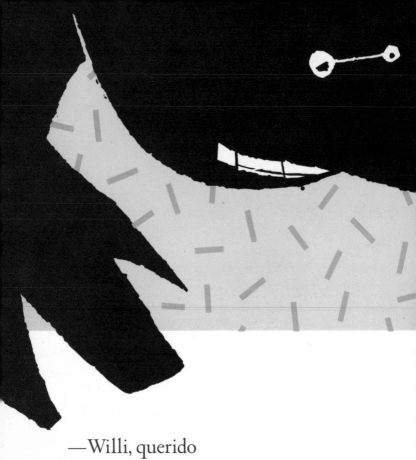

—Willi, querido
—gimió la madre—,
¡dile al hombre de negro
que no me haga nada, por favor!

Willi dijo:

—Hombre de negro,
mi madre tiene miedo;
no la asustes.

—Es normal que se asuste,
tiene motivos para ello
—rugió el hombre de negro.
Pero rugió un poquito menos fuerte.

—Hombre de negro, sé bueno
—dijo Willi—.
Vete otra vez a mi cuarto, por favor.
Mi madre no tenía malas intenciones.
—Si lo dices tú...
—aceptó el hombre de negro.

Se tragó todos sus dientes de vampiro,
y menguó y menguó.
Primero se hizo
de la medida de un perchero;
luego, como un paraguas.
El pelo de cepillo se le rizó,
los ojos se le tornaron azul acuoso,
se volvió pálido y arrugado.
Tenía de nuevo
el aspecto de un viejo amable.

—Entonces, me voy
—murmuró,
y regresó al cuarto de Willi.

La madre salió de debajo
de la mesa.

—¡Ay, Willi! —gimió—.
¡Ay, Willi!
¡No diré nunca más
ni una palabra del hombre de negro!
¡Prometido!
    Willi asintió y dijo:
    —¡Sí, mamá!
¡Más te vale; porque, si no,
puedes llevarte un buen susto!